Benjamin plante un arbre

D'après un épisode de la série télévisée *Benjamin*
produite par Nelvana Limited, Neurones France s.a.r.l.
et Neurones Luxembourg S.A.

Basé sur les livres *Benjamin* de Paulette Bourgeois et Brenda Clark.
Adaptation du livre, d'après la série télévisée, écrite par Sharon Jennings
et illustrée par Sean Jeffrey, Mark Koren et Jelena Sisic.
D'après le scénario télé *Benjamin plante un arbre*, écrit par Brian Lasenby.

Benjamin est la marque déposée de Kids Can Press Ltd.
Le personnage Benjamin a été créé par Paulette Bourgeois et Brenda Clark.

Données de catalogage avant publication (Canada)
Jennings, Sharon
  [Franklin plants a tree. Français]
  Benjamin plante un arbre

(Une histoire TV Benjamin)
Basée sur les personnages créés par Paulette Bourgeois et Brenda Clark.
Traduction de : Franklin plants a tree.
ISBN 0-439-98609-5

I. Bourgeois, Paulette. II. Clark, Brenda. III. Jeffrey, Sean. IV. Koren,
Mark. V. Sisic, Jelena. VI. Duchesne, Christiane, 1949-   . VII. Titre.
VIII. Titre : Franklin plants a tree. Français. IX. Collection : Histoire TV Benjamin.

PS8569.E563F77814 2001   jC813'.54   C00-932818-1
PZ23.J46Be 2001

Édition publiée par Les éditions Scholastic, 175 Hillmount Road, Markham
(Ontario) L6C 1Z7, avec la permission de Kids Can Press Ltd.

5 4 3 2 1   Imprimé à Hong-Kong   01 02 03 04

Benjamin plante un arbre

Basé sur les personnages créés
par Paulette Bourgeois et Brenda Clark

Texte français de Christiane Duchesne

Les éditions Scholastic

Benjamin peut grimper aux arbres et se balancer aux branches. Il adore jouer avec ses amis dans la maison perchée dans l'arbre. Il aime aussi faire de grandes balades dans la forêt avec sa famille. Benjamin est donc tout heureux, quand il apprend que monsieur Héron offre des arbres pour la Journée de la Terre. Il a très hâte de planter un arbre dans son jardin.

Le matin de la Journée de la Terre, Benjamin se lève tôt et creuse un énorme trou, juste devant la fenêtre de sa chambre. Il veut pouvoir planter son arbre dès son retour à la maison. Ce soir, il invitera ses amis à construire une maison dans son arbre à lui. Et demain, il ira chercher un vieux pneu pour en faire une balançoire.

En toute hâte, Benjamin prend sa petite voiture. Il veut arriver avant que tous les gros arbres aient été donnés.

Dans le parc, plein de monde fait la queue devant monsieur Héron. Benjamin voit des tas de boîtes, mais pas d'arbres.

Ils ne sont peut-être pas arrivés, pense-t-il. Puis, il voit Basile qui part.

— Tu ne veux pas d'arbre? demande Benjamin.

— Mais j'en ai un, réplique Basile en tapotant son sac à dos.

Benjamin ne comprend pas.

Basile sort un tout petit arbre de son sac à dos.

— Ce n'est pas un arbre, s'exclame Benjamin. C'est une branche!

— C'est un bébé arbre, explique Lili. On appelle ça une pousse. Moi, j'ai un frêne et Basile a un chêne.

— Moi, je ne veux pas de pousse, déclare Benjamin. Je veux un gros arbre pour pouvoir jouer dedans aujourd'hui.

Quand Benjamin arrive devant monsieur Héron, il reçoit une pousse de la même taille que les autres.

— Je peux avoir un plus gros arbre? demande Benjamin.

— C'est un érable à sucre, dit monsieur Héron. Et dans quelques années, il sera très gros…

Benjamin hoche tristement la tête. Il dépose la pousse dans sa voiture et retourne lentement à la maison.

Benjamin soupire en regardant le grand trou qu'il a creusé dans la cour. Il remet la terre jusqu'à ce qu'il n'y ait plus qu'un petit trou. Puis il va chercher son petit érable.

Mais la pousse a disparu!

Benjamin fouille le jardin et cherche tout le long du chemin.

Sa pousse a dû tomber sur le chemin du retour, se dit Benjamin.

Pendant le dîner, Benjamin raconte sa mésaventure à ses parents.

— Ça ne fait rien, conclut-il, il n'était pas assez gros pour qu'on joue dedans.

— Gros ou petit, tu as promis de t'en occuper, dit son papa.

Benjamin s'affaisse sur sa chaise.

— D'accord, soupire-t-il, je vais chercher encore.

Benjamin reprend le chemin du parc.

Près de l'étang, il rencontre Lili. Son petit arbre est attaché à un bâton marqué d'encoches.

— C'est une échelle de croissance, explique-t-elle. Dans trois ans, il sera plus grand que moi.

Mmmm, songe Benjamin. Et il décide de chercher plus sérieusement.

Dans le champ, Benjamin aperçoit Basile, avec un arrosoir.

— J'ai planté mon petit arbre ici pour qu'il ait beaucoup d'air frais et de soleil, explique Basile. Je vais l'arroser tous les jours, ajoute-t-il.

Benjamin pense à son petit érable. Que va-t-il lui arriver s'il n'a pas d'air frais ni de soleil, ni d'eau? Il ne sera jamais aussi grand que lui.

Benjamin commence à se dépêcher.

Près de la forêt, Benjamin aperçoit Martin qui peint en rouge une jolie clôture autour de son petit arbre.

— La clôture va protéger mon pin jusqu'à ce qu'il soit grand et fort, explique Martin. Je ne veux pas que quelqu'un marche dessus sans s'en rendre compte.

Benjamin imagine tout à coup qu'on pourrait marcher sur son petit érable. Si cela arrivait, il ne deviendrait jamais aussi gros, aussi fort, ni aussi grand que lui.

Benjamin raconte tout à Martin.

— J'ai regardé partout! se lamente Benjamin.
Qu'est-ce que je vais faire?

— Quelqu'un l'a peut-être trouvé et rapporté à
monsieur Héron, suggère Martin.

Rassuré, Benjamin court rejoindre monsieur Héron.

Au parc, monsieur Héron est en train de ramasser ses boîtes.

— Alors, ton petit arbre, il est bien dans son nouveau coin? demande monsieur Héron.

— Je l'ai perdu, monsieur Héron, répond Benjamin. J'ai cherché partout, mais je ne le trouve pas.

Monsieur Héron ouvre une boîte et en tire un petit arbre.

— Est-ce que c'est celui-ci, Benjamin? demande-t-il. Quelqu'un l'a trouvé le long du chemin.

— C'est lui! s'exclame Benjamin. Merci, monsieur Héron. Je cours le planter tout de suite!

Monsieur Héron sourit.

Avant que Benjamin parte, monsieur Héron lui montre une photo.

— C'est moi quand j'avais ton âge, en train de planter mon premier arbre explique-t-il.

— Il a grandi? demande Benjamin.

— Oh, que oui! répond monsieur Héron en riant. Il est au-dessus de nous.

Benjamin lève la tête.

— C'est vous qui avez planté l'arbre où nous avons notre maison! s'exclame-t-il.

Benjamin regarde son petit arbre.

— Hummmm…, dit-il, pensif.

Benjamin se hâte de rentrer à la maison, son petit arbre serré contre lui.

Il le plante, il l'arrose, et il va le voir tous les jours.

Et chaque jour, Benjamin est certain que son petit arbre a un peu grandi et qu'il est devenu un petit peu plus fort.

Exactement comme lui...